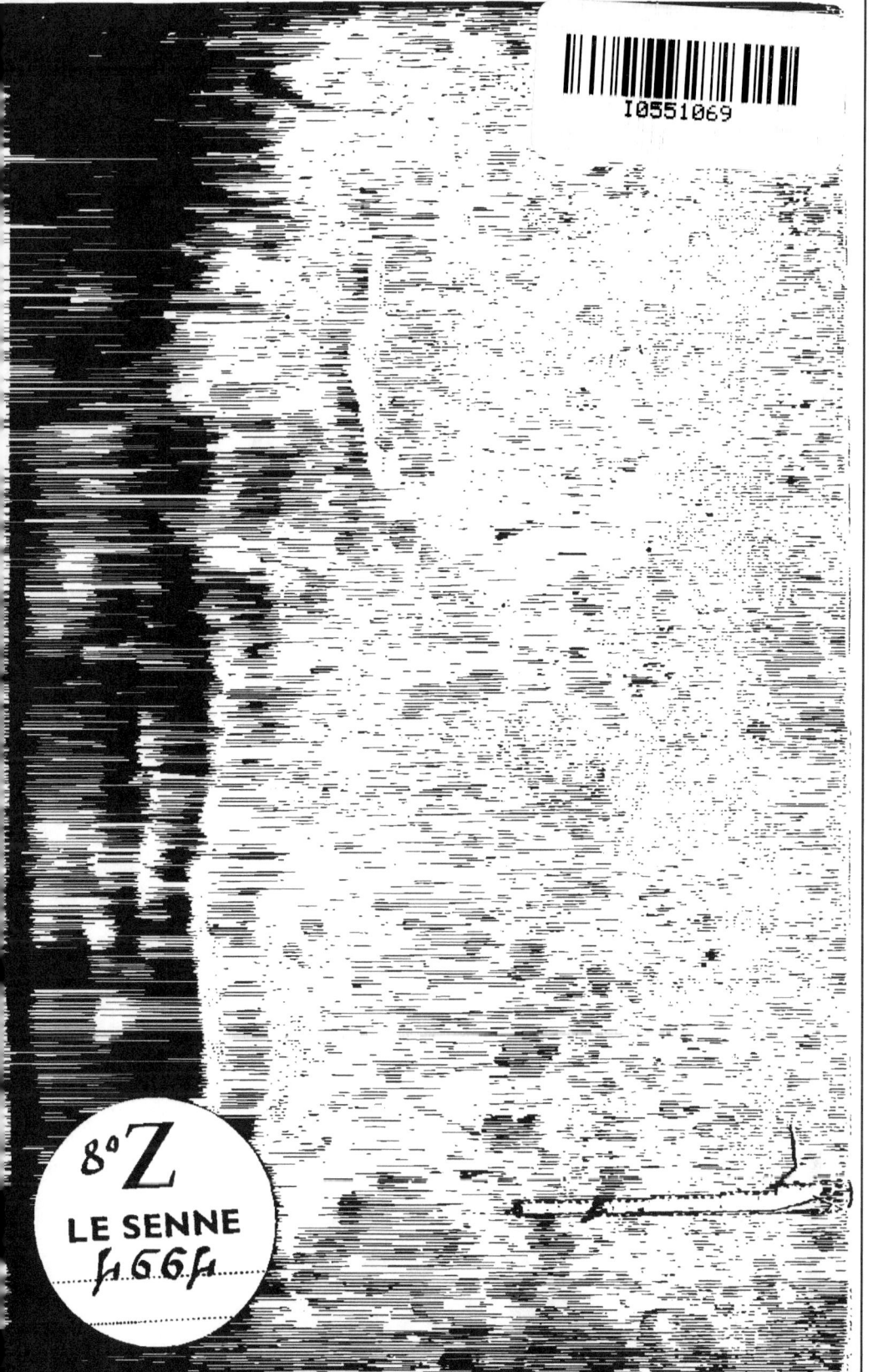

I0551069

8° Z

LE SENNE

1664

L'INOCULATION

DU

BON SENS.

A LONDRES.

1761.

L'INOCULATION

DU

BON SENS.

Je n'ai pas quarante ans, & je ne reconnois plus ma Nation. On ne parle que par équivoques ; on ne pense que par distraction ; on n'écrit que par épigramme ; on n'agit que par étourderie : l'esprit bref triomphe de la raison ; la futilité fait taire le génie. *Les Adonis* font les hommes du jour : on les flaire comme le jasmin ; on les admire comme le rubis ; on se plaît à les voir petiller comme le vin de Champagne.

La Condamine peut perdre ses poumons & son tems à prouver la nécessité des insertions ; *Tronchin* peut gagner cent mille écus à proscrire la soupe comme un poison universel ; *Keiser* peut chercher de la réputation & des pistoles dans des pilules inintelligi-

A 2

bles à la Faculté : notre mál ne réfide
ni dans notre fang, ni dans celui de
nos ayeux ; il gît dans nos têtes : fixons
le vif argent, & nous voilà guéris.

Ni les maladies fecrettes, ni la petite
vérole, ne firent jamais tant de ravages
parmi nous que la frivolité. Elle s'é-
tend jufqu'aux Capucins, qui ne s'ha-
billent plus qu'en couleur more-dorée ;
jufqu'aux Carmes, qui ne marchent
plus que le parafol en main.

La Religion, qui paffe pour rado-
teufe dans l'efprit de nos étourdis,
fans doute parce quelle eft trop an-
cienne, gémit avec raifon fur nos
écarts. On fe fait gloire de changer
de Foi comme d'habits, & de monter
ou de baiffer la vertu au dégré d'une
imagination qui extravague. Tantôt
Déiftes, nous limitons & mitigeons,
felon notre bon plaifir, les peines ou
les récompenfes éternelles ; & tantôt
Matérialiftes, nous ne connoiffons d'â-
me & de divinité que la circulation de
notre fang. En vain certains Prédica-
teurs à la mode voudroient nous con-
vertir ; ils n'ont que des grimaces de
toilette & des phrafes de théâtre : ils

parlent de nos dogmes comme une coquette de ſes amours.

La Sorbonne ne ſçait pas ſi une Thèſe eſt impie ou chrétienne, & le Parlement prononce. Le Clergé, tantôt au Pape, & tantôt au Roi, ne recherche que l'indépendance. Si le ſouverain menace, le Syſtême ultramontain prévaut : ſi le Pontife tonne, les libertés de l'Egliſe Gallicane reparoiſſent. Tout eſt ignorance, ou politique, au milieu d'une Religion qui ne doit être que lumiere & ſimplicité.

Le mérite au ſixieme étage, comme dans ſon obſervatoire, examine & ſe tait. La ſuffiſance, en habit de Financier, ne regarde rien, & juge de tout ; elle dirige d'un coup de plume la ruine d'une Province, & elle s'applaudit de ce que le Peuple ne broute pas encore l'herbe.

Laiſſons triompher les ennemis de l'Etat, & ne travaillons qu'à nous détruire : langage & conduite à la mode ! les bras ne veulent point obéir à la tête, & la tête n'agit point faute de bras. Bientôt on prendra des quartiers d'été, pour boire de la limonade & pour ſe rafraîchir. Peu s'en faut qu'on ne place une toilette dans la tranchée, & qu'on ne parfume la poudre à canon. *L'Hé-roïsme* n'est plus qu'un vieux mot qui se trouve dans les Histoires & dans les Romans, & qu'on évite comme un ridicule. L'honneur de la Patrie devient ce qu'il peut, pourvu que l'indiscipline & la mollesse ne perdent rien de leurs droits.

Il n'y a personne parmi nous qui ne se fasse gloire de servir son Prince, & il n'y a personne qui n'ait honte d'en porter les marques. Toutes les Nations ne connoissent pas de plus belle parure qu'un uniforme, & nous regardons cet habit comme celui d'un *polisson*. Un Seigneur qui oseroit se présenter dans Paris sous la forme d'un soldat, auroit autant de courage qu'un Officier du Pape qui attaqueroit un Prussien. On aime beaucoup mieux porter les li-vrées du luxe & de la frivolité, que celles de la valeur, parce que nous ne sommes plus dans le siecle des Héros.

Modernes dans tout ce que nous imaginons, nous ne sommes Gothi-ques que dans l'art de la guerre. Nous croyons encore que le courage confifte à nous jetter dans le feu, tandis qu'il doit avoir pour but de nous en garantir, & d'y précipiter notre ennemi.

Quelle guerre ! quel acharnement ! quelle ambition ! Bientôt les hommes auront befoin d'un nouveau monde pour étendre leur Domaine ; mais malheureufement il n'y a que Fontenelle qui en ait entrevu plufieurs. On eût acheté des Provinces pour ce que nous coûte l'honneur d'aller mourir dans un trifte Electorat.

Tous nos fleuves ont des ponts magnifiques, excepté celui de Seve qui conduit à Verfailles ; mais ces ponts ne fervent qu'à paffer des rivieres, & il nous faudroit paffer la mer.

Certains Conquérans s'appuyent fur leur efprit plutôt que fur leur puiffance, & ils triomphent tandis que nous ignorons encore quel eft notre point d'appui. Si c'eft l'argent, nous fommes à plaindre ; & fi c'eft le génie, j'ofe dire que je tremble.

La plus légere bleffure d'un Prince fe divulgue comme un mal incurable.

Schelin, ce Tailleur unique, qui

habille toutes les Nations & les deshabille, laisse plus de regrets par sa mort qu'un bon Général d'Armée, lorsqu'il périt, parce qu'on préfere aujourd'hui l'honneur de porter un bel habit & d'en parler, à la gloire de gagner une bataille & de s'en entretenir. Les vrais Militaires s'occupent de la guerre au sein même de la paix, & nous ne pensons qu'à nos nouveautés & à nos jeux au milieu des Armées.

Le dernier coup de canon n'est pas encore tiré, qu'on distribue des congés aux Officiers mêmes qui n'en demandent pas. Il est juste d'aller se reposer huit mois, d'une Campagne qui en a duré quatre.

Nos Pères n'auroient sûrement pas été turlupinés comme nous, sans faire une bonne quarantaine ; mais nous avons le talent d'être humiliés sans être humbles. Nous levons encore notre tête au lieu de l'abbaisser, & nous voulons qu'on admire au moins notre frisure !

Les Anglois méditatifs, les Allemands graves, les Italiens politiques, & nous au milieu d'eux, tout élégants,

tout aimables, & tout fémillants ; con-
venons que le tableau n'étoit pas fait
pour les bordures, & que nous fommes trop frivoles pour avoir des voifins auffi fages.

Le goût pour le joli (car nous ne
connoiffons que cela) a tellement ré-
treci nos idées, que le majeftueux nous
femble énorme, & le fimple médiocre :
ainfi nous nous croyons aînés de tous
les différens peuples, & nous méprif-
fons tout ce qui n'exifte pas dans Paris. Le Général des Hannovriens eft
pour tout le monde le Prince de *Brunf-*
wick, & il n'eft pour nous que *Mon-*
fieur Ferdinand.

Notre efprit n'eft point celui du genre humain, & dès-lors il détonne : le
bon fens fe trouve toujours à l'uniffon
de tous les peuples. Nous avons ré-
pandu dans nos ouvrages, ainfi que
fur nos habits, un vernis de coquet-
terie qui nous place entre le finge &
l'homme. Il n'y a que la poftérité qui
pourroit nous corriger ; mais malheureufement c'eft une médifante prude,
qui ne parle jamais qu'à l'infçu de ceux
qu'elle critique,

A 5

Le siécle passé fut le régne du génie, le siécle prochain sera sans doute celui du Bon-sens ; comment figurerons-nous dans cet entre-deux ? à peu près comme le perroquet entre le bœuf & le lion.

Un siécle où l'on ne sçait dire que des phrases, enfanter des rêves, imaginer des modes, bâtir en taille-douce, écrire en miniature, se battre en cadence, est nommé le Siécle philosophique. Se moque-t-on du Siécle ou de la Philosophie ? Beau problême à résoudre !

La raison endormie jusqu'au jour où le Livre *de l'Esprit* parut, ne vient enfin que de se réveiller. Ecoutons : *L'intelligence de nos ames consiste dans la configuration de nos mains, & toute vertu n'a que l'intérêt pour principe.* Quelle heureuse découverte ! Nos sages n'ont-ils pas raison de battre des mains & de chanter victoire ?

L'ouvrage qu'on approuvoit hier est aujourd'hui proscrit, & demain il reparoît décoré de nouveaux suffrages. Il n'y a point d'Acteur qui fasse autant rire le parterre, que nous faisons rire les Etrangers.

Toutes les Nations nous lorgnent, pour obferver nos papillotes, nos folies, & s'en moquer ; & nous avons encore la belle vanité de croire qu'elles nous admirent. Ouvrons une bonne fois les yeux , & nous verrons que l'Etranger ne prend que nos habits , & que , même en les endoſſant , il ſe rit de leur façon. Chaque Etranger veut avoir la draperie de notre portrait, mais rien de plus : malheureuſement notre tête nous reſte.

On a tout mis en Dictionnaire , excepté nos folies, parce qu'on ſait qu'elles formeroient des in - folio , & que nous ne liſons plus que des brochures. L'abbé tout muſqué dit ſon Bréviaire dans *Candide* : le Militaire lit ſon C de dans le *Portier des Chartreux* : le Magiſtrat étudie ſon *Cujas* dans le *Sopha* , & le Moine ſa régle dans *l'Académie des Dames.*

Les Marionnettes du Boulevard ſont devenues nos Démoſthènes. On ſe conſole par une chanſonnette , d'une perte qui demanderoit toutes nos larmes. Les pleurs ne coulent que dans les maiſons où il n'y a pas de pain , &

A 6

les ris se déploient en public , au son
des violons & des fanfares , parce que
nous n'avons plus que des ris de gri-
mace. Le raisonnement est une partie
remise , jusqu'au moment où nous ne
serons plus , & où notre souvenir de-
viendra notre honte.

Si nous savions que la sueur est le seul
fard des héros , que la poudre à la Ma-
réchale est incompatible avec la poudre à canon , que les conquêtes de filles font la ruine des Guerriers , & que
passer sa vie à mourir pour le beau se-
xe , c'est vivre dans l'ignominie , nous
serions sans doute très-habiles : mais
nous abandonnons cette science aux
Prussiens , qui en profitent , & qui ne
connoissent de plaisir que celui de se
bien battre.

L'Opinion est la Reine du monde ;
mais la Mode est la nôtre. Que de
changemens dans nos habits , dans nos
mœurs , dans nos écrits , dans notre
Religion , dans tout notre être ? Notre
esprit aime , & notre cœur raisonne ;
nos sensations voient , & nos idées sen-
tent. Pour peu que cela continue , bientôt nous ne nous reconnoîtrons plus.

nous-mêmes , & nous ferons obligés
de demander à nos voifins fi nous fommes encore hommes.

Fanatifme : quel mot ! il nous fait
friffonner ; & , malgré cela , quelle nation plus fanatique que nous ? Vit-on
parmi les Italiens , les Allemands , les
Ruffes , des *Janféniftes* , des *Moliniftes* ;
des *Convulfionniftes* , des *Secouriftes* ;
des *Pichoniftes* , des *Encyclopédiftes* ?
Vit-on leurs Evêques exiger des figna-
tures , refufer les Sacremens , & faire
des nouvelles régles de Foi au bout
de dix-fept cent ans ? Si nous ne fommes pas convenus de donner la comédie à l'Univers , avouons que nous
fommes bien foux.

Nous n'avons perdu le Gothique que
pour prendre le ridicule. Il nous faut
toujours quelque extravagance , qui
nous mette en fpectacle , & qui nous
rende la fable des Nations. Ah ! pour-
quoi valeureux , fpirituels , aimables ;
policés , fociables , ne remuons-nous
que des pieds & des mains , fans jamais
faire voir de tête ?

Une raifon qui fe dit fille de la ma-
tière , voilà notre Religion ; une Phi-

lofophie qui fe croit née pour marcher
à quatre pattes , voilà notre grandeur ;
une métromanie qui compofe pour
voir brûler fon ouvrage , voilà notre
bel efprit ; une impiété qui ofe blaf-
phémer contre Dieu même , voilà la
fublimité de notre génie. Bientôt il fera
auffi honorable parmi nous d'avoir été
lapin , que d'avoir été Souverain ou
Conquérant.

On ne court plus au théâtre pour fe
délaffer , & pour réformer fes mœurs ,
mais pour entendre d'odieufes perfon-
nalités , & pour honorer la calomnie.
La cabale vient arracher des applaudif-
femens qni font frémir l'humanité , &
qui couvrent d'une égale confufion
l'Auteur , l'Acteur & le Spectateur. On
ne fent pas que c'eft fe jouer foi-même ,
que d'aller prendre plaifir à voir déchirer publiquement fon frère , parce
qu'on ne fent plus ni remords , ni
raifon.

La Littérature n'eft plus aujourd'hui
parmi nous qu'un vil métier, tel que
celui d'étaler à la place *Maubert ;* mêmes vénalités , mêmes injures , mêmes
groffièretés : on crie à la tolérance ,

lorſqu'on ne peut ſouffrir perſonne : on déclame contre ſon ſiécle lorſqu'on en eſt le ſcandale ; on appelle à ſon ſecours l'humanité , lorſqu'on diffame ſes contemporains ; on ſuppoſe la mort des autres , quand on devroit ſoi-même mourir de honte & de déſeſpoir.

La décence & la dignité , ſi recommandables chez les Grecs & les Romains , doivent céder à la beauté de nos uſages. Le Seigneur d'aujourd'hui ſait s'habiller en *coutil* auſſi élégamment que ſon valet de chambre, & nos Princes courent chez *Ramponneau*. *Perſifflage* , *radotage* , *papillotage* : belles coutumes , beaux mots ! *vapeurs* , *pamoiſons* , *élégances* , *négligences* , *pirouettes* , *dédains :* tout cela ne forme-t-il pas une magnifique optique ? C'eſt dans ce point de vue qu'un Peintre doit nous conſidérer , s'il veut bien rendre notre image.

Qu'il eſt beau de voir maintenant la Médecine procéder par la Métaphyſique ; la Théologie par la Politique ; la Phyſique par l'Alchymie ; la Religion par le Matérialiſme ! Ainſi nous renverſons les Sciences comme les

Mœurs, parce que nous nous fentons
furchargés d'un efprit capable d'opé-
rer les plus grands prodiges. Il faut
créer, pour n'être pas homme de rou-
tine, & faire des Livres & des projets
qui fçachent étonner, & qu'on ne
puiffe comprendre.

Un bon ouvrage réuniffoit autrefois tous les fuffrages, & faifoit taire
l'envie aujourd'hui victime de la haine
de nos Auteurs, qui fe plaifent à fe
déchirer & à fe contredire, il eft pré-
conifé par les uns, profcrit par les autres, & toujours en bute aux traits
mordants de nos beaux efprits, s'il
prêche la faine morale & la vraie raifon. Bientôt les Livres devront être
comme les coëffures & les rubans,
n'avoir que le cours d'un mois, & peut-
être d'une femaine, pour mériter
l'honneur d'être lus.

Rien de plus fpirituel que notre nation, & rien de plus ignorant. Nous ne
connoiffons ni les mœurs des Etrangers, ni leur pofition : nous croyons
qu'un *Ruffe* a tout au plus droit d'avoir
des yeux, & qu'un *Perfan* n'eft pas fait
pour penfer. Il n'y a que Paris dans le

monde qui produiſe des gens d'eſprit:
on rappelle la plus chétive anecdote
arrivée dans cette Ville , comme de-
vant intéreſſer tous les Peuples. Les
philoſophes modernes citent *de Prades*
comme un génie, & les Moliniſtes
nomment *Lenguet* comme l'honneur
du genre humain.

Nos voyageurs ne jugent de rien
que par comparaiſon avec la France ;
c'eſt toujours la bouſſole qui dirige
leurs obſervations : ainſi ils ne voient
que Notre-Dame de Paris , lorſqu'ils
conſidèrent la fameuſe Baſilique de
Saint-Pierre, & ils regrettent l'Opéra
François, lorſqu'ils aſſiſtent aux Opéra
Italiens : Naples ne vaut pas Orléans
aux yeux d'un Orléanois , & le Pape
eſt moins que l'Archevêque d'Auſch ,
au jugement d'un Preſtolet Gaſcon.

Nous ne parlons que notre Langue,
& nous ne pouvons ſouffrir qu'en
Allemagne on converſe en Allemand:
nous excluons de nos aſſemblées tous
les Etrangers, que nous ne voulons
point connoître , & nous exigeons que
dans leurs pays ils nous fêtent plus que
perſonne ; nous nous rions de leurs

mœurs, & nous n'avons que des ridicules à leur offrir ; nous les nommons
automates, s'ils conservent leurs usa-
ges, & nous les appellons mauvais
singes, s'ils nous imitent.

Le mont Ethna fermente moins
que nos têtes : il nous faut toujours
la guerre dans l'Eglise ou dans l'Etat,
& nous nous escrimons par des phrases & des modes, lorsque nous n'avons
point d'affaires intéressantes à démêler ;
une brochure de six pages devient un
événement qui remue toute la Nation ;
une chansonnette fait époque, & se
cite comme un trait d'histoire.

Nous voulons toujours donner le
ton, parce que nous savons chanter
toutes sortes d'airs : mais il y a des
temps où des peuples n'ont point d'o-
reilles, & n'en veulent point avoir : la
prudence exige alors qu'on se taise,
& malheureusement nous ne nous tai-
sons jamais.

Nos Dictionnaires, tout multipliés
qu'ils sont, ne suffisent plus pour four-
nir des mots à toute notre parure.
Chaque jour nous voit accoucher de
mille babioles dont les Petits-Maîtres

font les parrains , & que les coquettes adoptent avec empreſſement.

Des Prélats galants ou fanatiques, des Seigneurs vains ou rampans, des Financiers avares ou prodigues, des Médecins brutaux ou charlatans, des Auteurs ſans pain ou ſans talents, des femmes ſans beauté ou ſans pudeur, des jeunes gens ſans eſprit ou ſans modeſtie : avouons que voilà une belle collection , & qui ne peut manquer de faire tableau aux yeux de l'Étranger qui voyage.

La Petite-Maîtriſe , inconnue chez nos Peres, tient maintenant le premier rang : nos airs dédaigneux , nos hauſſemens d'épaules, nos grimaces de cérémonie, nos pirouettes , nos rengorgemens, ſe comptent ſur nous par centaines. Nous ſavons aujourd'hui pleurer plus agréablement qu'on ne rioit autrefois ; nos évanouiſſemens n'ont plus que la bonne grace des vapeurs, & nous faiſons des mines mieux que le plus joli ſapajou.

Nous nous portons toujours vers les extrêmités avec une activité ſurprenante : notre amour propre eſt impertinen-

ce, notre franchise indiscrétion, notre
bonté familiarité, notre vivacité étourderie, notre langage persifflage. In-
crédules ou enthousiastes, pétulans ou
dédaigneux, nous ressemblons à ces
giboulées, qui ne laissent rien de séré-
nité que par intervalles.

Nos mariages, fruit de l'intrigue,
de l'ambition ou de l'intérêt, paroif-
sent toujours le dénouement d'une comédie : la fille du Financier achette le
Comte ou le Duc, comme aux Indes
on achette un Nègre.

Si dès l'âge de quinze ans nous ne
prostituons pas nos mœurs, & si nous
rougissons d'un discours impie, nous
ne sommes que des idiots, indignes de
fréquenter la bonne compagnie : il faut
assurer notre réputation par des indé-
cences & des équivoques ; débuter
dans le monde par des railleries con-
tinuelles sur le Clergé ; fronder la Religion & le Gouvernement, se rire enfin de la vertu, comme d'une masca-
rade. *Orgas* n'est le bel esprit du siè-
cle que parce qu'il sçait travestir la
vérité, & mettre les Saints en ridicule dans quelque fade épigramme.

Thalie aime les bouquets, & tout le monde en porte : *Ifman* rougit d'aller avec fa femme, & tous les maris ne fortent plus qu'avec leurs Maîtreffes : *Dorifmas* blafphême , & chacun devient fon écho ; il écrit des horreurs , & les Laquais mêmes en font leur étude.

Où trouver parmi nous des converfations, qui ne roulent pas fur les fpectacles & fur la galanterie ; des amours, qui ne fe fixent pas fur des Actrices ; des lectures, qui ne foient pas impicomiques ou romanefques; un fçavoir, qui n'ait pas pour fondement des fyftèmes abfurdes ; un efprit, qui ne s'évapore pas en faillies ; un courage, qui ne s'enfeveliffe pas dans la débauche ; une vie que les plaifirs n'abrutiffent point ? Non-feulement nous voulons nous fingularifer par des ufages fi extraordinaires, mais nous travaillons à les faire adopter. L'Anglois n'eft peut-être pas plus vertueux que nous; mais il n'oblige perfonne à fe dépouiller de fa vertu, au lieu que rangeant nos vices au rang des modes, nous contraignons l'Etranger à s'en parer comme d'un vêtement.

Si l'on n'a pas le moyen de digérer
un efturgeon, ni de courir dans une
voiture verniffée par Martin, il faut
abfolument ruiner fes voifins. Habiles
à vivre d'intrigues, & à briller aux
dépens du public, nous mettons à con-
tribution parens, amis, Etrangers &
valets : nous appellons le bien des fots
le patrimoine des gens d'efprit; & par
quelqu'Epître rampante, ou quelques
fades complimens, nous mettons notre
induftrie de niveau avec la fortune.
Le jeu, qui mafque notre avarice,
notre indigence ou notre ennui, &
que les femmes idolâtrent autant que
leurs amans, & plus que leur parure,
a tari la fource des entretiens, & produit des avanturiers, comme la terre
en Automne produit des champignons :
par - tout ils pullulent, & par - tout
ils portent un efprit d'arrogance & de
filouterie, qui met en difcrédit la Nation, & qui nous fait redouter en certains pays, prefqu'autant qu'on re-
doute les Pruffiens en Saxe.

Il femble que la nature n'ait produit
des filles que pour favorifer nos plaifirs. Nos Militaires abordent une De-

moifelle qu'ils ne connoiffent pas &
qu'ils n'ont jamais vue, plus familie-
rement que fi elle étoit leur époufe :
on diroit que tout doit céder à leurs
charmes, & que la vertu même eft
tributaire de leurs prétentions. Nos
Abbés mêmes, plus ridicules par leurs
galanteries que Polichinel par fes
amours, ofent afpirer à des faveurs,
& les exiger, comme fi leur état &
leur habit n'étoient pas un épouvantail
aux yeux de toute femme tant foit peu
raifonnable. Telle fe livre à un Mouf-
quetaire petit & vilain, dit madame
du Noyer, qui ne peut fouffrir avec
raifon le plus beau Prélat.

Qu'eft devenue cette vertu mâle,
qui rendit nos Peres, ces anciens Gau-
lois, fi célèbres ? Nous ne fçavons aujourd'hui que jouer, babiller, rire &
faire l'amour, tandis que les Pruffiens
ne penfent qu'à combattre & à vaincre.

Les Chirurgiens font tous les jours
l'anatomie des Corps ; mais je vou-
drois quelqu'un, qui prît la peine d'a-
natomifer la fuperficie de ces mêmes
corps : combien de différentes fortes
de rouge & de blanc ; combien de

différentes poudres & d'essences ? La
peau de nos Dames n'est plus qu'une
toile passée à l'huile, toute semblable
à celle que les Peintres goment & co-
lorent.

Après avoir ainsi dénaturé nos pro-
pres personnes, nous avons voulu pa-
reillement dénaturer, & la Religion,
qui n'est plus pour nous qu'une chi-
mere, & la Philosophie, qui n'est plus
à nos yeux que l'art de bâtir des sys-
tèmes hétéroclites ; & les mœurs, qui
ne nous semblent plus qu'un préjugé ;
& la Litterature, dont nous formons
un commerce d'injures & d'intérêt.

Un Laquais n'étoit autrefois qu'un
valet ; aujourd'hui en montre d'or, en
boucles à brillans, il joue le rôle d'un
petit Seigneur : il lit dans l'anticham-
bre nos ouvrages à la mode ; & s'il con-
vient de l'existence d'un Dieu, ce n'est
que par complaisance.

Si nous nous moquons des Etrangers, pensons que ce n'est qu'un ren-
du : ils nous voient de tems en tems ;
ils nous flairent, & c'est bien assez
pour deviner tout ce que nous valons.

Ces airs de dédain, que nous avons
seuls

feuls en propriété, à l'exclufion de tout
autre Peuple, & qui forment un de nos
plus riches fonds, fe leguent parmi nous
comme un héritage : le fils les reçoit
du pere, & nous les remettons à nos ne-
veux, s'il ne furvient quelque bonne
dofe de raifon qui nous réforme , ou
quelque forte humiliation qui nous cor-
rige.

Si l'on nous difoit que nous tour-
nons en ridicule la Nobleffe Allemande, parce que la nôtre eft deshonorée
par fes fréquentes méfalliances ; que
nous nous moquons de la politique Ita-
lienne, parce que nous n'avons aucun
fyftême fuivi ; que nous nous rions du
férieux des Anglois, parce que nous
ne favons pas réfléchir ; que nous ba-
dinons la gravité Efpagnole, parce que
nous fommes des girouettes qui tour-
nent à tout vent, il me femble qu'il
faudroit baiffer les épaules, & ne rien
répondre.

Les grands fpectacles de l'Europe
nous échappent ; mais une piece de
théâtre nous tient tous en haleine. Si
nous n'étions pas nés pour donner la
comédie, nous prendrions moins de part

B

à toutes celles qui paroiffent, & nous ne perdrions pas nos beaux jours à en difcourir, à faire des cabales, & à exalter des perfonnages auffi vils que des Acteurs.

Point de rêve aujourd'hui qu'on n'imprime, point de folie qu'on n'imagine, point de fottifes qu'on ne publie. Quelques traits mordants, quelques grands mots de *légiflation*, d'*humanité*, de *génie* ; quelques portraits, ou plutôt perfonalités, en voilà plus qu'il n'en faut pour acquérir la réputation du plus célebre Ecrivain.

Nos beaux efprits, qui nient toute infaillibilité, qui affurent que la Religion eft fauffe, & qui veulent qu'on les croie abfolument fur leurs affertions, s'annoncent donc fans doute eux-mêmes pour infaillibles ; car autrement quel droit auroient-ils de captiver notre entendement ? Voilà comme nos nouveaux Légiflateurs déraifonnent, & font inconféquens, dans le tems même qu'ils s'imaginent rendre à la raifon tout fon premier éclat.

Si tous ces faits ne parloient pas contre nous, fans doute je me tairois : mais le Pruſſien attend-il ces réflexions pour ſavoir qu'il nous bat ? L'Anglois ignore-t-il qu'il nous traite en eſclaves ? L'Hannovrien a-t-il oublié qu'il nous tient tête depuis trois ans ? Et toutes les Nations ne nous connoiſſent-elles pas pour des hommes légers, dédaigneux, pétulens, qui n'ont de ſolidité qu'après quarante ans ? Les enfans même, en Allemagne & en Italie, ſe rient de nos inquiétudes & de nos folies : d'ailleurs, ſi nous nous jouons tous les jours en plein théâtre, & de ſi bonne grace, ayons au moins le courage de lire de ſang froid le tableau de nos uſages & de nos mœurs. Ne ſeroit-il donc permis d'exprimer nos manieres qu'en vers ?

Mais pour répondre à ces petits hommes, ſottement orgueilleux, qui vont prendre ces réflexions pour une ſatyre, & les traiter de mauvaiſe rapſodie, je leur dirai que je ne détaille ici les maladies de ma Nation, qu'à deſſcin de pouvoir les guérir, & lui épargner, par la ſuite, les reproches qu'on lui fait de toutes parts. Le plus célebre Poëte François n'a-t-il pas écrit

B ij

que *nous portons l'indépendance & l'impertinence chez tous les Étrangers ?* Tous nos Auteurs n'ont-ils pas avancé que nous étions le peuple le plus léger, le plus frivole, le plus ridicule, le plus efféminé ? Et nos perfonnages les plus graves (car heureufement nous en avons encore bon nombre) n'ont-ils pas déclaré que la Religion s'éteignoit en France, & qu'il y avoit une cabale formée pour la détruire ? Combien de témoignages ne recueillerois-je pas pour appuyer chaque article que j'ai avancé, & pour faire voir que ce petit Ouvrage, tout informe qu'il eft, n'a point d'autre objet que d'inftruire & de corriger ? On aura beau le profcrire, & le taxer de témérité ; on n'y trouvera rien qui ne tende au bien du Gouvernement & de la Religion : c'eft ainfi qu'en jugeront ces gens fenfés, qui gémiffent du ridicule de leurs concitoyens, & qui pleurent de voir une Nation propre aux plus grandes chofes, plongée dans le fein des bagatelles & des plaifirs.

Mais au lieu de faire ici une apologie, qui ne perfuadera pas les fots,

& qui eſt inutile aux yeux des vrais Philoſophes , propoſons , à la ſuite de tant de miſeres , la façon de les guérir ; (car c'eſt notre but).

Notre mal , n'en doutons pas , ne vient que d'un défaut de bon ſens ; deſorte que ſi nous trouvons le moyen de le compoſer & de l'inoculer , nous ſerons bientôt guidés par la raiſon. Mais comment nous y prendre pour produire ce grain de bon ſens dont nous avons beſoin , & comment l'in-férer ? Voilà la difficulté.

Après avoir ſérieuſement réfléchi ſur une opération auſſi importante , j'ai cru qu'il falloit abſolument prendre chez les diverſes Nations de quoi for-mer le reméde en queſtion. Ainſi j'ai joint une portion de flegme Anglois à pluſieurs dragmes de raffinement Ita-lien , pluſieurs onces de gravité Eſpa-gnole , de rigidité Allemande , à quel-ques ſcrupules de légereté Françoiſe : telle eſt la maſſe qui doit former le grain de bon ſens propre à nous gué-rir radicalement , ſi nous pouvons ar-river à l'introduire juſqu'à l'endroit où il doit agir.

B iij

On peut voir, par la maniere dont
j'explique mon fecret, que bien diffé-
rent de nos Docteurs, qui voilent la
moindre pillule comme la chofe la plus
difficile à trouver, je ne pretends en
impofer à perfonne. Je veux même ap-
prendre à tous mes compatriotes, que
ce n'eft ni par les narines, ni par les
oreilles, ni par la bouche qu'ils pour-
ront venir à bout d'inférer le grain de
bon fens qui nous eft néceffaire, quoi-
qu'il doive abfolument pénétrer dans
la tête le fiège de notre mal. Nos narines font trop pleines d'odeurs, nos
oreilles de fornettes & de chanfons,
notre bouche d'effences & de ragoûts,
pour qu'il puiffe y avoir le moindre paf-
fage ; mais le crâne pouvant s'entrou-
vrir, comme il arrive dans l'opération
du trépan, il s'agit de faire un trou au
front, dans l'endroit même où l'on flâ-
tre les chiens pour les préferver de la
rage : là, à l'aide d'un chalumeau d'or,
on foufflera le grain du bon fens, qui
ne doit pas être plus gros qu'une len-
tille. A peine aura-t-il pris fa place dans
notre cerveau, qu'il opérera des prodiges furprenans : il abforbera cette

étourderie qui nous agite çà & là , & il fixera nos regards, de maniere que nous prendrons plaifir à ne voir que le grand & le vrai.

Si quelque bel efprit , après cette épreuve , veut juger de fa guérifon , qu'il fixe les Livres qu'il admiroit le plus , & il n'y trouvera que des miférables fophifmes , dont il fera tout étonné. Déja l'on a fait l'Inoculation du Bon fens chez un Petit-Maître qui croyoit le Livre de l'*Efprit* la premiere merveille de l'Univers , & chez un Bigot qui adoroit les ouvrages de *Berruyer ;* & déja leurs yeux , entierement éclaircis, n'y découvrent que des menfonges & des horreurs. Le preftige fe diffipe après cette opération, de maniere que fi nous la faifons, nous en viendrons au point de croire fermement que les autres Nations ont la faculté de penfer , & que fur plufieurs articles , nous ne fommes que les cadets de bien des Peuples que nous méprifons très-gratuitement.

Je n'ai point couru après la phrafe , crainte qu'on ne me prît pour un des Médecins de nos Dames , qui n'ont de mé-

rite qu'un joli jargon ; je n'ai point af-
fecté ce ftyle recherché , qui n'eft que
trop à la mode parmi nous , & qui prou-
ve qu'on s'occupe beaucoup plus des
mots que des chofes : j'ai écrit tout
fimplement. *Tronchin*, ainfi que la *Condamine*, ces deux célebres Prédica-
teurs de l'inoculation de la petite vérole, ne fe piquent pas d'avoir un ftyle
fublime ; ils fe contentent de donner
des raifons, & ils laiffent à nos Ecri-
vains futiles le foin de faire des pério-
des cadencées, & de courir après quelques faillies. Sans doute on ne doit
pas parler le langage du bel efprit,
lorfqu'on vient propofer le bon fens.

Qu'on examine bien l'Inoculation
du Bon Sens, & l'on verra qu'elle
n'eft ni impoffible, ni ridicule ; qu'enfin ce projet eft fimple, facile dans
l'exécution, & tout-à-fait different
des expéditions des Anglois, qui
viennent caffer nos vître avec des
guinées ; des entreprifes de nos Prélats, qui veulent ériger en régle de
foi des formules incompatibles avec
les dogmes ; des cabales de nos Phi-
lofophes modernes, qui croient anéan-

tir la Religion par quelque Satyre ou quelque Epigramme.

Nous avions cru d'abord que l'ame, qui chez les bigots se tient dans les genoux, chez les gourmands dans l'estomac, chez les amants dans le cœur, chez les friands sur la langue, chez les Musiciens dans les oreilles, chez les Astronomes dans les yeux, pourroit bien être dans nos pieds ou nos doigts, qui, toujours en mouvement, se remuent comme des Pantins: mais, après avoir disséqué plusieurs crânes François, nous avons observé que notre ame y avoit réellement son siège, & qu'elle n'étoit empêchée dans ses opérations que par un certain bel esprit qui luttoit sans cesse contr'elle, & dont on ne pouvoit arrêter l'impétuosité qu'en lui opposant un grain de bon sens composé selon notre méthode.

Je ne prétends pas que ce grain ne soit nécessaire qu'aux seuls François : tous ces demi-Petits-Maîtres Anglois, Italiens, Allemands, Polonois, Russes, Hollandois, & même Suisses, qui osent prétendre au bel esprit, ont

plus befoin de notre Inoculation que
perſonne. Ainſi nous invitons toutes
les Nations à profiter de notre reméde,
qu'on peut appeller la Médecine uni-
verſelle. Je ne diſſimulerai pas que
la guériſon des précieuſes ridicules,
des Secrétaires à prétentions, & ſur-
tout des Abbés poupins & Prélats fanatiques, ne ſoit très-difficile; mais
j'eſpere qu'à laide de l'ellebore, qui
ſervira de préparation pendant quel-
que-tems, je viendrai enfin à bout de
faire raiſonner les gens de cette eſ-
pece.

F I N.

www.ingramcontent.com/pod-product-compliance
Lightning Source LLC
Chambersburg PA
CBHW071254210626
46818CB00013B/1443